홍길동전

수능대비 한국문학 필독서 07
홍길동전

지은이 허 균
엮은이 송창현
펴낸이 임상진
펴낸곳 (주)넥서스

초판 발행 2013년 6월 10일

2판 1쇄 인쇄 2018년 7월 15일
2판 1쇄 발행 2018년 7월 20일

출판신고 1992년 4월 3일 제311-2002-2호
주소 10880 경기도 파주시 지목로 5
전화 (02)330-5500 팩스 (02)330-5555

ISBN 979-11-6165-440-9 44810

이 도서의 국립중앙도서관 출판예정도서목록(CIP)은
서지정보유통지원시스템 홈페이지(http://seoji.nl.go.kr)와
국가자료공동목록시스템(http://www.nl.go.kr/kolisnet)에서
이용하실 수 있습니다.
(CIP제어번호 : CIP2018020817)

www.nexusbook.com

수능대비 한국문학 필독서

07

홍길동전

허 균

송창현 엮음·해설

넥서스

홍길동전

허 균 [許筠, 1569(선조 2년) ~ 1618(광해군 10년)]

선조 2년(1569년) 서경덕의 제자이자 경기도 관찰사를 지낸 초당 허엽의 막내아들로 태어났다. 그의 아버지와 두 형인 허성과 허봉, 누이인 허난설헌까지를 아울러 오문장가라고 불렀다.

　12세에 아버지를 여의고 작은형의 벗이자 서얼 출신인 손곡 이달에게 학문을 배웠다. 선조 22년(1589년)에 생원시에 합격하고, 선조 27년(1594년)에 문과에 급제했다. 선조 31년(1598년)에는 황해도도사가 되었고, 선조 37년(1604년)에는 수안군수로 부임하였다. 선조 39년(1606년)에는 명나라 사신을 영접하는 종사관이 된 후 그 공로를 인정받아 삼척부사가 되었다. 광해군 10년(1618년) 역모죄로 생을 다하기까지 벼슬에 많은 부침이 있었다.

　허 균은 성격이 경박하여 벼슬을 하면서 많은 사람과 충돌을 일으켰다. 그 대표적인 일이 불교를 가까이 한 일과 기생들을 관아에까지 끌어들여 논 일이다.

　허 균은 명나라 사신을 영접하는 일을 맡아 새로운 문화와 문물을 접할 기회가 많았는데, 그 과정에서 천주교를 국내에 소개하기도 하였다. 그는 스승과 서얼인 벗들의 영향을 받아 적서차별의 부당함과 부패한 정치를 비판하는 글을 여러 편 남겼다. 〈유재론(遺才論)〉, 〈호민론(豪民論)〉, 〈정론(政論)〉 등은 그의 사회 비판적 의식을 보여 주는 대표작이다.

그는 적자와 서자 모두에게 공평하고 균등한 인재 등용의 기회를 주어야 한다고 주장했다. 그는 유교 사상에만 얽매이지 않고 불교, 도교, 노장 사상까지 다양한 관심을 기울였다. 대표작으로는 《홍길동전》, 《장생전》, 《교산시화(蛟山詩話)》, 《성소부부고(惺所覆瓿藁)》 등이 있다.

◆ **작품 개관**

국문 소설의 효시이자 사회 비판 소설로, 우리나라 근대 소설의 선구적 작품으로 평가받는다. 조선 후기 적서 차별 문제와 사회적 부패상을 지적하며 봉건적 가족 제도와 평등하지 못한 사회 제도를 비판하였다. 수십 종의 이본이 존재할 정도로 많은 인기를 얻었다. 지금까지도 널리 읽히며 높은 문학사적 가치를 인정받고 있다.

◆ **줄거리**

조선 세종대왕 때 이조판서에 오른 홍 대감은 용꿈을 꾼 후 계집종인 춘섬과 인연을 맺고 둘째 아들인 홍길동을 얻게 된다.

길동은 어려서부터 총명함이 뛰어났으나 출생이 천하기 때문에 호부호형을 하지 못해 늘 한탄한다. 이러한 이유로 길동은 병법을 익히며 집을 떠날 결심을 한다.

그런 중에 홍 대감의 총첩인 초란이 길동 모자를 시기하여 무녀, 관상녀와 모의하여 대감에게 길동이 장차 집안의 화가 될 것이라고 모함한다.

이후 초란은 대감이 길동을 내칠 것을 망설이자 부인을 설득해 길동에게 자객을 보낸다. 그러나 길동은 도술로 위기를 극복하고, 대감과 어머니께 하직 인사를 하고 집을 떠난다.

집을 떠난 길동은 도적의 소굴에 이르게 되고, 그곳에서 도적의 시험을 통과하고 그들의 우두머리가 된다. 길동은 합천 해인사의 재물을 빼앗고자 해인사로 찾아가 중들을 속이고 그들의 재물을 탈취한다.

그 후 길동은 도적의 무리를 '활빈당'이라 칭하고 조선 팔도를 돌아다니며 고을 수령들의 부정한 재물을 탈취하여 가난하고 의지할 곳 없는 사람들을 도와준다.

이로 인해 나라 전체가 어지러워지자 임금은 길동을 잡아들일 것을 명하지만 길동은 도술을 부려 자신을 잡으러 온 자들을 혼내고 돌려보낸다.

이에 조정에서는 홍길동을 잡기 위해 의논을 하고, 길동의 형인 홍인형을 경상감사로 임명해 길동을 잡아 오도록 명한다. 이런 사실을 안 길동은 일부러 인형에게 잡히는데 조정에 도착하니 여덟 명이나 되는 길동이 잡혀 와 있다.

조정에서는 홍 판서를 대동해 길동을 문책하지만 길동은 유유히 위기에서 탈출한다. 길동은 병조판서의 벼슬을 주면 잡히겠다고 사대문에 글을 써 붙이고 조정에서는 이를 이용해 길동을 잡을 계략을 세우고 그에게 병조판서 벼슬을 내린다. 이에 길동은 임금에게 감사의 절을 하고 조선을 떠날 것을 약속하고, 조정에서는 길동 잡기를 그만둔다.

길동은 조선을 하직하고 도적의 무리를 이끌고 남경 땅 저도 섬으로 들어가 산다. 어느 날 약을 찾아 망당산을 찾은 길동은 산속에서 괴물들을 물리치고 납치되었던 두 젊은 여인을 구출한다. 두 젊은 여인의 부모는 길동을 사위로 삼고, 길동은 두 여인을 부인으로 맞이한다. 그 후 길동은 아버지 홍 판서의 죽음을 예견하고 조선을 찾아가 가족과 해후하고 홍 판서의 장례를 치른다.

섬으로 돌아온 길동은 병사들과 모의해 율도국을 정복하고 스스로 왕이 되어 나라를 다스린다. 길동은 율도국이 태평성대를 이루도록 다스리다가 나라를 다스린 지 삼십 년이 된 해에 갑자기 병이 들어 세상을 떠난다.

◆ **주요 등장인물**

홍길동 홍 판서의 둘째 아들. 첩인 어머니에게서 태어나 호부호형을 하지 못한다. 어린 시절 위기에 처하나 이를 극복하고 도적의 우두머리가 된다. 부패한 관리들의 재물을 빼앗아 가난하고 의지할 곳 없는 이들을 도와준다. 후에 병조판서를 제수받고 조선을 떠나 율도국의 임금이 된다.

홍 판서 홍길동의 아버지. 용꿈을 꾼 후 계집종인 춘섬과 인연을 얻어서 길동을 얻는다. 길동의 총명함을 알아보지만 신분상의 이유로 호부호형을 허락하지 않는다. 그러나 길동이 집을 떠나고자 할 때 호부호형을 인정하고 후에 죽음을 앞두고 그를 자식으로 인정한다.

홍인형 홍길동의 이복형. 조정의 명을 받아 경상감사가 되어 길동을 잡는 역할을 한다. 하지만 후에 아버지의 유언에 따라 길동을 아우로 인정한다.

◆ **작가와 작품**

허 균의 사상과 홍길동전의 연관성

《홍길동전》에는 허 균의 사상이 잘 반영되어 있다. 허 균의 스승인 이달은 최경창, 백광훈과 함께 '삼당시인(三唐詩人)'으로 이름을 날렸지만 서얼 출신이었고, 허 균이 가깝게 지낸 서양갑, 심우영 등도 서얼 출신이었다.

그는 《홍길동전》 이외에도 자신의 생각이나 사상을 드러내는 여러 글을 남겼는데, 그중 〈유재론(遺才論)〉과 〈호민론(豪民論)〉을 통해 《홍길동전》에 반영된 그의 사상을 확인해 볼 수 있다.

〈유재론〉에는 인재 등용에 대한 허 균의 사상을 확인해 볼 수 있다. 《홍길동전》 속의 홍길동은 홍 판서의 서자로 등장한다. 그리고 길동은 호부호형을 허락받지 못하고, 자신의 뛰어난 재능에도 불구하고 능력을 펼칠 기회를 부여받지 못한다. 그래서 길동은 결국 도적의 우두머리가 되어 활빈당을 만들고, 부정한 관리들의 재물을 빼앗아 가난하고 어려운 민중을 도와주며 자신의 능력을 펼친다. 그런 후 길동은 임금께 병조판서 벼슬을 내려 주기를 요청하고 결국 병조판서를 제수받은 뒤 조선을 떠난다. 〈유재론〉에는 이런 길동의 신분에 대한 차별과 인재 등용에 대한 허 균의 생각이 드러난다.

인재를 태어나게 함에는 고귀한 집안의 태생이라 하여 그 성품을 풍부하게 해 주지 않고, 미천한 집안의 태생이라고 하여 그 품성을 인색하게 주지만은 않는다. 그런 때문에 옛날의 선철(先哲)들은 명확히 그런 줄을 알아서, 더러는 초야(草野)에서도 인재를 구했으며, 더러는 병사(兵士)의 대열에서도 뽑아냈고, 더러는 패전하여 항복한 적장을 발탁하기도 하였다. 더러는 도둑 무리에서 고르며, 더러는 창고지기를 등용했다.

  우리나라는 땅까지 좁아, 인재가 드물게 나옴은 옛부터 걱정하던 일이었다. 조선에 들어와서는 인재 등용하는 길이 더욱 좁아져, 대대로 벼슬하던 명망 높은 집안이 아니면 높은 벼슬에는 오를 수 없었고, 암혈(巖穴)이나 떳집에 사는 선비라면 비록 기재(奇才)가 있더라도 억울하게 쓰이지 못했다. 과거 출신이 아니면 높은 지위에 오를 수 없어, 비록 덕업(德業)이 매우 훌륭한 사람도 끝내 경상(卿相, 판서나 정승)에 오르지 못한다. 하늘이 재능을 부여함은 균등한데, 대대로 벼슬하던 집안과 과거 출신으로만 한정하고 있으니 항상 인재가 모자람을 애태움은 당연하리라.

- 〈유재론〉 중

  이와 함께 《홍길동전》에 등장하는 활빈당이 부패한 관료들의 재물을 빼앗아 가난하고 의지할 곳 없는 백성들을 도와주는 것은 백성을 나라의 주인이라고 생각하는 길동의 생각이 반영된 것이라고 볼 수 있다. 이렇게 백성을 주인이라고 생각하는 홍길동의 생각은 허 균의 〈호민론〉을 통해서도 확인할 수 있다.

천하에 두려워해야 할 바는 오직 백성일 뿐이다.
홍수나 화재, 호랑이, 표범보다도 훨씬 더 백성을 두려워해야 하는데, 윗자리에 있는 사람이 항상 업신여기며 모질게 부려먹음은 도대체 어떤 이유인가?

우리나라는 그렇지 않아, 변변치 못한 백성들에게서 거두어들이는 것으로써 귀신을 섬기고 윗사람을 받드는 범절만은 중국과 동등하게 하고 있다. 백성들이 내는 세금이 5푼(分)이라면 공가(公家, 관청)로 돌아오는 이익은 겨우 1푼(分)이고 그 나머지는 간사스러운 사인(私人)에게 어지럽게 흩어진다. 또 고을의 관청에는 남은 저축이 없어 일만 있으면 1년에 더러는 두 번 부과하고, 수령들은 그것을 빙자하여 마구 거두어들임은 또한 극도에 달하지 않음이 없었다.
그런 까닭으로 백성들의 시름과 원망은 고려 말엽보다 훨씬 심하다. 그러나 위에 있는 사람은 태평스러운 듯

두려워할 줄을 모르니 우리나라에는 호민이 없기 때문이다. 불행스럽게 견훤·궁예 같은 사람이 나와서 몽둥이를 휘두른다면, 시름하고 원망하던 백성들이 가서 따르지 않으리라고 어떻게 보장하며, 기주·양주·6합의 변란은 발을 제겨 딛고서 기다릴 수 있으리라. 백성 다스리는 일을 하는 사람이 두려워할 만한 형세를 명확히 알아서 전철(前轍)을 고친다면 그런 대로 유지할 수 있으리라.

– 〈호민론〉 중

위에서 살펴 본 것과 같이 허 균은 백성이 가장 두려운 존재이고, 나라는 백성을 위해 운영되어야 함을 말하고 있다. 이를 통해 볼 때 《홍길동전》의 홍길동은 허 균이 말하는 호민이라 볼 수 있다.

◆ 작품의 구조
영웅의 일대기적 구조로 본 홍길동전

《홍길동전》은 한국 서사 문학의 골격 중 하나인 '영웅의 일대기적 구조'를 소설로 구현한 최초의 작품으로 평가받는다. 《홍길동전》은 홍길동이라는 영웅의 탄생에서부터 성장, 위기, 활빈당 활동, 율도국 건설, 죽음에 이르는 일대기적 구조를 취한다.

이러한 '영웅의 일생'은 후대의 많은 영웅 소설에 영향을 주었고, 우리 문학의 내재적 원천으로 작용하고 있다. 일반적인 영웅의 일대기적 구조와 《홍길동전》을 연결하면 다음과 같다.

(가) 고귀한 혈통을 지닌 인물이다.

　→ 명문거족 출신인 홍 판서의 둘째 아들로 태어난다.

(나) 비정상적으로 잉태하거나 출생한다.

　→ 계집종인 춘섬을 어머니로 하여 서자로 태어난다.

(다) 범인과 다른 탁월한 능력을 타고난다.

　→ 태몽에 용이 나타났고, 총명함이 뛰어나 스스로 병법과 도술을 공부한다.

(라) 어려서 고아가 되어 죽을 고비에 이른다.

　→ 홍 판서의 첩인 초란이 보낸 자객으로 인해 죽을 고비에 처한다.

(마) 구출자, 양육자를 만나 죽을 고비에서 벗어난다.

　→ 자객과 관상녀를 죽이고 위기에서 벗어난다.

(바) 자라서 다시 위험에 부딪힌다.

　→ 탐관오리와 싸우고, 조정에 잡혀가고, 조선을 떠나게 된다.

(사) 위기를 투쟁으로 극복하고 승리자가 된다.

　→ 탐관오리를 무찌르고, 병조판서를 제수받고, 율도국
　　의 왕이 된다.

　위에서 살펴본 《홍길동전》의 구조를 길동의 활동 영역과 사회적 지위, 갈등 양상에 따라 크게 세 부분으로 나누어 구분할 수도 있다.

　첫 부분은 길동의 가정 안에서의 갈등으로, 서자로서 겪는 고뇌와 차별 문제이다. 길동은 양반의 자손으로 태어나지만 당시 '적서 차별'이라는 사회 제도적 갈등을 극복하지 못하고 집을 떠난다. 길동의 갈등은 개인적 갈등이기도 하지만 사회적 갈등이라는 양면을 가지고 있다.

　두 번째 부분은 길동의 가출 이후부터 조선 팔도를 누비며 활빈당을 이끌고 의적 활동을 하는 부분이다. 이 부분에서 길동은 첫 부분에서 극복하지 못한 다양한 사회 문제에 대한 해결을 시도한다. 그는 민중의 현실적 고난과 어려움을 활빈당이라는 무리와 함께 극복하고 이겨 나간다. 그는 탐관오리의 재물을 빼앗고, 그들의 죄를 벌한다. 또한 임금께 병조판서를 요청하여 벼슬을 받는 등 사회 제도를 극복하려는 모습을 보인다. 그러나 길동은 나라의 임금과 아버지를 부정하지 못하는 한계를 보이며 결국 조선을 떠난다.

세 번째 부분은 남경 저도 섬과 율도국에서의 생활이다. 길동은 조선이라는 사회의 한계를 극복하기 위해 저도 섬에서 기틀을 닦은 후 율도국을 정복한다. 율도국에서 그는 왕의 지위에 오르고 모든 백성이 굶주리지 않도록 하여 도적의 발생을 막는다. 또한 그는 부인을 둘 뿐 첩을 두지 않아 적서의 차별이 발생하지 않게 한다.

◆ 작품의 감상과 수용

율도국을 통해 본 작품 속 이상 세계

《홍길동전》에 나오는 율도국의 의미를 해석하기 위해서는 조선을 떠난 홍길동의 행적을 살펴볼 필요가 있다. 홍길동은 조선에서 병조판서를 제수받고 조선을 떠난다. 조선을 떠나 그가 정착한 곳은 남경 땅 저도라는 섬이다.

그는 이곳에서 무리들을 이끌고 농업에 힘쓰며, 군법을 연습하고 병사를 훈련시켜 양식을 풍족하게 한다.

그는 이곳에 머무는 과정에서 낙천 땅의 요괴를 물리치고 두 부인을 얻는다. 그 후 길동은 아버지 홍 판서의 죽음을 예감하고 조선의 고향집을 찾아가서 가족과 상봉하고, 아버지의 장례를 치른다.

아버지의 삼년상을 치른 홍길동은 어머니를 모시고 새로운 땅인 율도국 정벌에 나선다. 율도국 정벌에 성공한 길동은 스스로 율도국의 왕이 되고, 부하들에게 벼슬을 내려 통치한다. 길동이 왕이 되어 나라를 다스린 후에는 도적이 없고, 길에는 떨어진 물건을 주워 가는 이가 없는 태평성대가 유지된다. 그 후 길동은 조선의 왕에게 표문을 보내어 왕의 유서를 받는다.

위에서 살펴본 홍길동의 행적을 통해 홍길동이 그리던 이상 세계의 모습을 해석할 수 있다.

우선 홍길동은 먼저 정착한 저도라는 섬에서 수천 호의 집을 짓고, 농업에 힘쓴다. 그리고 군사를 훈련하고 양식을 풍족하게 마련한다.

이를 통해 볼 때 홍길동이 생각하는 이상국은 농업을 기본으로 한 국력과 치안이 안정된 나라라고 할 수 있다. 홍길동이 떠난 조선은 빈민이 많아 도적이 산속에 무리를 짓고 있었다. 그렇기에 홍길동은 우선 백성들이 배부르게 살 수 있도록 농업에 힘쓴다. 그리고 조선에서 자신과 같은 도적의 무리가 활개 친 것과 같은 상황을 막기 위해 국방과 치안을 튼튼하게 하였다.

다음으로 홍길동은 낙천 땅의 요괴를 물리치고 두 부인을 맞이한다. 그리고 후에 율도국으로 옮긴 후 두 부인으로부터 아들

셋과 딸 둘을 얻는다. 당시 조선의 경우 부인 외에도 첩을 둘 수 있었지만 홍길동은 자신과 같은 서얼을 만들지 않기 위해 첩을 들이지 않는다.

그러나 이것이 홍길동이 조선의 유교 질서를 거부한 것이라고 볼 수는 없다. 오히려 그는 저도 섬과 율도국에서 철저하게 유교적 이념 아래에서 생활하는 모습을 보인다. 그는 아버지 홍판서의 죽음을 예감하고 고향집을 찾아가 아버지를 저도 섬으로 모시고 와 장례를 치르고 아버지의 삼년상을 무사히 마친다. 이런 그의 행동은 유교의 '수신제가치국평천하(修身齊家治國平天下)'의 기본을 보인 것이다. 장차 율도국의 왕이 될 길동에게 아버지의 장례를 무사히 치르는 모습은 나라를 다스리기 위한 기본적인 행동이기 때문이다. 결국 율도국의 왕이 된 길동은 조선의 왕에게 표문을 보내면서 유교적인 예를 다하는 모습을 보인다.

홍길동이 이렇게 철저하게 유교적 이념 하에 율도국을 운영하는 것은 허 균이 가진 사상적 한계라고 할 수 있다. 허 균 역시 조선의 양반이었으며 유학자였기에, 홍길동이 아버지를 부정하지 못하고 임금을 부정하지 못한 한계를 보였다.

또한 당시의 윤리 규범을 부정하고 새로운 사회 질서를 위해 조선의 왕을 부정하고 홍길동이 새로운 왕이 되었다면 작가는 역모죄로 형벌을 면치 못했을 것이다.

결국 율도국은 조선이라는 사회가 가진 병폐를 해결하기 위해 새롭게 찾은 해외의 이상국이라는 점에서는 의미가 있지만, 여전히 작가가 가진 유교적 이념의 한계를 넘지 못한 이상 세계라고 할 수 있다.

◆ 작품에 반영된 현실

호부호형이 허락되지 않는 세상

《홍길동전》속 홍길동은 아버지를 아버지라 부르지 못한다. 그 이유는 길동이 계집종인 춘섬과의 사이에서 태어난 서얼이기 때문이다. 조선은 서얼에 대한 인격적 제약과 차별이 매우 심한 사회였다. 조선은 태종 15년인 1415년에 서얼 금고령을 내렸다. 그 후 성종 때에는 《경국대전》에 이를 명문화하였다. 《경국대전》에는 다음과 같은 규정이 있다.

'실행(失行)한 부녀 및 재가한 여자의 자손은 동서의 관직에 임명하지 말라.'

'문무관 2품 이상 관리의 양첩 자손에게는 정3품으로 한정하고, 천첩 자손에게는 정5품으로 한정한다.'

'재가(재혼)하거나 실행한 부녀의 아들 및 손자, 서얼의
자손은 문과를 응시하지 못하게 하라.'

이렇듯 서얼은 적자에 비해 관직 제한의 적용을 엄격하게 받
았을 뿐 아니라 가정 내에서도 인격적인 차별 대우를 받았다.

이러한 조선 사회의 적서 차별은 조선이 개화를 하는 시점까
지 유지되었고, 사회의 큰 병폐가 되었다.

허 균은 서얼인 자신의 스승과 벗들과의 교류를 통해 서얼들
의 고뇌를 알고 있었고, 이러한 서얼에 대한 차별을 《홍길동전》
을 통해 표출하였다.

작품 속에서 길동은 결국 가정 내에서 자신의 꿈을 달성하지
못하고 집을 떠난다. 사회 속에서도 여전히 자신의 능력을 펼칠
곳을 찾지 못하고, 결국 도적의 우두머리가 된다. 도적의 우두
머리가 되어 부패한 관리들을 벌하고 그들이 재물을 빼앗아 가
난하고 의지할 곳 없는 빈민들을 구제하지만 길동이 가진 서얼
로서의 신분적 제약은 여전한 것이었다. 그런 이유로 길동은 서
얼로서의 한을 풀기 위해 임금께 병조판서를 제수해 주기를 요
청하고, 벼슬을 받은 후 조선을 떠난다.

홍길동이 많은 벼슬 중에 병조판서를 받길 원한 이유는 무엇
이었을까?

그것은 홍길동의 행적을 통해서 유추해 볼 수 있다. 홍길동은 집을 떠난 후 도적의 무리에 들어간다. 그런 후 그는 도적들의 무리를 이끌고 합천 해인사의 재물을 빼앗고, 감영에 있는 부정한 재물들을 빼앗는다.

그러나 그는 이 재물들을 빈민 구제에 사용하고 사리사욕을 채우는 것에 사용하지 않는다. 이러한 그의 행적은 그가 병조판서가 되고자 한 이유를 설명해 준다.

당시 조선의 병조판서는 정2품의 관직으로 조선의 군사 업무를 총괄하던 직책이었다. 홍길동이 가진 도술과 병법이라면 그는 병조판서의 임무도 충분히 행할 수 있었다. 그를 통해 탐관오리나 부정한 세력들을 징벌하는 데 충분한 법적 권한을 가질 수 있게 되었다. 또한 그가 가진 신분상의 한계도 병조판서를 제수받으면서 모두 해결할 수 있게 되었다.

그러나 병조판서를 제수받았다고는 하지만 홍길동이 자신의 꿈을 모두 펼칠 수 있는 것은 아니었다. 왜냐하면 당시의 조선은 모순된 사회 제도와 구조를 가지고 있었기 때문이다.

*

    조선조 세종대왕 즉위 십오 년에 홍회문 밖에 일찍이 과거에 급제하여 이조판서에 이른 홍모 대감이 있었다. 여러 대에 걸친 명문거족 출신으로 성품이 청렴 강직하여 덕망이 조정의 으뜸인 데다 충효까지 겸비하여 그 이름이 온 나라에 떨치었다.

    그는 일찍이 두 아들을 두었는데, 첫째는 정실 유 씨의 소생인 인형이고, 둘째는 계집종 춘섬의 소생인 길동이었다.

    길동이 태어나기 전, 대감이 낮잠에 들었다가 꿈을 꾸었다.

    한풍이 길을 인도하여 한 곳에 다다르니, 청산은 암암하고 녹수는 양양한데 세류(細柳) 천만 가지 녹음이 파사하고, 황금 같은 꾀꼬리는 춘흥(春興)을 희롱하여 양류간에 왕래하며 기화요

초(琪花瑤草) 만발한데, 청학 백학이며 비취 공작이 춘광을 자랑하였다. 공(公)이 경물을 구경하며 점점 들어가니, 만장절벽은 하늘에 닿았고, 굽이굽이 벽계수는 골골이 폭포되어 오운(五雲)이 어리었는데, 길이 끊어져 갈 바를 모르더니, 문득 청룡이 물결을 헤치고 머리를 들어 고함하니 산학이 무너지는 듯하더니, 그 용이 입을 벌리고 기운을 토하여 공의 입으로 들어오는 것이었다.

놀라서 꿈을 깬 대감은 마음속으로 크게 기뻐했다.

'용꿈을 꾸었으니 틀림없이 귀한 아들을 얻으리라.'

대감은 즉시 내당으로 들어가 시비를 물리치고 부인을 이끌어 취침코자 했다. 그러나 부인이 정색을 하고 말했다.

"대감은 평소 몸가짐을 바르게 하시는 분입니다. 그런데 대낮에 노류장화(路柳墻花)의 경박한 행동을 흉내 내려 하시니 대감의 체면은 어디로 갔습니까? 첩은 따를 수 없습니다."

말은 옳으나, 대몽(大夢)을 허송(虛送)할까 하여 몽사(夢事)를 이르지 아니하시고 연하여 간청하니, 부인이 옷을 떨치고 밖으로 나갔다.

대감은 부인의 도도한 고집과 지혜롭지 못함을 탄식하며 외당으로 나왔다.

그때 마침 계집종 춘섬이 차를 가지고 들어와 올리는데, 그

자태와 얼굴 생김이 고운지라 조용한 때를 틈타 춘섬을 곁방으로 이끌고 들어가 바로 인연을 맺었다.

춘섬이 비록 천인(賤人)이나 재덕(才德)이 순직했고, 그때 나이 열여덟이었다.

춘섬은 몸을 한 번 허락한 후에는 문밖에 나가지 않고 몸을 조심하고 행실을 닦으므로 대감이 기특하게 여겨 애첩으로 삼았다.

춘삼은 과연 그달부터 태기(胎氣)가 있어 열 달 만에 해산하게 되었는데, 거처하는 방에 오색운무가 영롱하며 향내가 기이하더니 혼미 중에 옥동자를 낳았다.

대감은 삼일 후에 들어와 보고 한편으로는 기뻐했지만 한편으로는 한스럽게 여겼다. 정실부인에게서 태어나지 못한 때문이었다. 이름을 길동이라 지었다.

이 아이가 점점 자라매 기골이 비상하고, 그 총명함이 뭇사람이 따르지 못할 정도였다. 한 말을 들으면 열 말을 알고, 하나를 보면 백을 아니 대감이 더욱 대견하게 여겼다.

하루는 대감이 길동을 데리고 내당에 들어가서 부인에게 말했다.

"이 아이가 비록 영웅이나 천생이라 무엇에 쓰겠소. 부인의 고집이 원망스럽소……. 정말이지 후회막급(後悔莫及)이오."

부인이 그 연고를 묻자, 대감이 말했다.

"부인이 전일에 내 말을 들으셨던들, 이 아이를 부인의 몸에서 낳았을 것 아니요."

부인에게 꿈 이야기를 들려주자, 부인이 말했다.

"모든 것이 하늘의 뜻인데, 사람의 힘으로 어찌하겠습니까."

세월이 물 흐르듯 흘러 길동의 나이 어느덧 여덟 살이 되자, 모든 이가 칭찬하고 대감도 어여삐 여겼다. 하지만 출생이 천한지라 길동이 호부호형(呼父呼兄)하면 즉시 꾸짖어 그렇게 부르지 못하게 했다.

길동은 아버지를 아버지라 못하고 형을 형이라 부르지 못하매 스스로 천생(賤生)을 자탄했다. 게다가 천한 종들까지도 자신을 천대하고 있음을 뼛속 깊이 한으로 여겼다.

가을이 깊어 가는 구월 보름께, 달은 고요히 빛나고 바람은 소슬한데 기러기 우는 소리가 사람의 외로운 심사를 뒤흔드니, 서당에서 글을 읽던 길동이 홀로 탄식하며 말했다.

"대장부가 세상에 나서 공맹(孔孟)을 본받지 못할 바에야, 차라리 병법을 익혀 장수가 되어 천하를 정벌하고 나라에 큰 공을 세워 후세에 이름을 남기는 게 또한 장부의 일이 아닌가. 나는 어찌하여 일신이 적막하여 부형이 있어도 호부호형을 못 하니 참으로 통탄할 일이 아니겠는가."

길동은 울울한 마음을 걷잡지 못하고 뜰로 내려와 칼을 잡고 달 아래서 춤을 추듯 검술을 익혔다.

　마침 이때 대감이 월색을 구경하다가 길동이 배회하는 것을 보고 즉시 불러 물었다.

　"너는 무슨 흥이 있어, 밤이 깊도록 잠을 자지 않느냐?"

　길동이 칼을 던지고 엎드리며 대답했다.

　"만물이 생겨날 때부터 오직 사람이 귀하옵거늘, 소인에게는 귀함이 없사오니 어찌 사람이라 하겠습니까?"

　대감은 그 말뜻은 짐작했지만, 짐짓 책망하는 투로 말했다.

　"네 그게 무슨 말이냐?"

　"소인이 대감의 정기로 당당한 남자로 태어나 부모의 은혜가 하염없이 깊거늘, 아버지를 아버지라 부르지 못하고 형을 형이라 부르지 못하니 어찌 제가 사람이라 하겠습니까?"

　길동이 눈물을 흘리며 대성통곡하니, 대감은 측은한 마음이 들었다. 그러나 만일 그 마음을 위로하면 마음이 방자해질까 두려워 크게 꾸짖었다.

　"재상의 천비 소생이 너뿐 아니거늘, 네가 어찌 이다지도 방자하냐? 앞으로 다시 그런 말을 하면 내 눈앞에 서지도 못하게 할 것이다."

　길동은 땅에 엎드려 울 뿐 감히 입을 열지 못했다.

대감이 엎드려 있는 길동에게 물러가라 하시자, 길동이 침소로 돌아와 더욱 슬퍼해 마지않았다.

길동은 본래 재주가 뛰어나고 도량이 활달했지만, 요즘은 좀처럼 마음이 진정되지 않아 밤마다 잠을 이루지 못했다. 그러다가 결국 어머니 침소에 들어가 울면서 아뢰었다.

"모친은 소자와 전생연분으로 현세에 모자지간이 되었으니 은혜 입은 바가 크다 하겠습니다. 하지만 소자의 팔자가 기박하여 천생이 되어 남의 천대를 받으니, 품은 한이 깊습니다. 장부로 태어난 이상 남에게 천대만 받고 살 수는 없습니다. 소자 더이상 기운을 억제치 못하여 어머니 곁을 떠나려 하니, 어머니는 소자를 염려하지 마시고 귀체를 보전하십시오."

이에 어머니가 크게 놀라며 말했다.

"재상가 천생이 너뿐 아니지 않느냐. 어디서 무슨 말을 들었는지 모르지만 어미의 간장을 이다지 상케 하느냐?"

길동이 다시 말했다.

"옛날 장충의 아들 길산은 천생이었지만, 열세 살에 그 어미와 이별하고 운봉산에 들어가 도를 닦아 후세에 아름다운 이름을 남겼습니다. 소자도 그를 본받아 세상을 벗어나려 하오니, 어머니는 염려를 놓으시고 후일을 기다려 주십시오. 근간에 곡산댁의 눈치를 보니 대감의 총애를 잃을까 하여 우리 모자를 원

수같이 생각하고 있는지라, 큰 화가 미칠까 두렵습니다. 그러니 어머니는 소자가 집을 떠나는 것에 대해 염려하지 마십시오."

길동의 말을 듣고 어머니는 슬픔을 억누르지 못했다.

"네 말이 자못 그러하나, 곡산댁은 인후한 사람이다. 어찌 그런 일이 있겠느냐?"

길동이 말했다.

"세상사를 측량치 못하나이다. 소자의 말을 헛되이 생각지 마시고 장래를 보옵소서."

*

원래 곡산댁은 곡산 기생으로 있다가 대감의 총첩이 되었는데, 이름은 초란이었다.

교만하고 방자하기가 이를 데 없어 제 마음에 들지 않으면 누구를 불문하고 대감에게 헐뜯는 소리를 하여 집안을 시끄럽게 만들기 일쑤였다.

그런 가운데 춘섬이 길동을 낳아 대감에게 사랑을 받자, 자신의 사랑을 앗길까 두려워하며 춘섬을 못마땅하게 생각했다.

"너도 길동 같은 자식을 낳아 나의 말년 재미를 도우라."

대감이 이따금 초란을 희롱하여 이렇게 말하자, 길동 모자를 눈의 가시같이 미워하여 해할 마음까지 먹었다.

하루는 초란이 흉계를 꾸민 다음 아무도 몰래 무녀를 불러들여 말했다.

"내가 편히 살려면 길동을 없애는 수밖에 없다. 자네가 내 소원을 이루어 주면 그 은혜를 크게 갚겠네."

그러자 무녀가 기꺼이 응하며 말했다.

"동대문 밖에 용한 관상녀가 있는데, 사람의 상을 한 번 보면 평생 길흉화복(吉凶禍福)을 판단한다고 합니다. 그이를 청하여 마님의 소원을 자세히 말하고, 대감전에 천거하여 길동의 상에 대해 여차여차히 아뢰어 대감의 마음을 놀래면 대감도 길동을 없애고자 할 것이니, 그때 여차여차하시면 될 줄로 압니다."

초란이 무녀의 말에 크게 기뻐하며 우선 은자 오십 냥을 건네주면서 관상녀를 몰래 데리고 오라고 말했다.

다음 날 대감은 내당에 들어가, 길동의 영특함과 비범함에 대해 부인에게 말하며 천생임을 한탄했다.

"이 아이 비록 영웅의 기상이 있으나 어디다 쓰리요."

그런데 문득 한 여자가 찾아와 대청 아래서 문안을 여쭈었다.

대감이 이상하게 여기며 그 여자에게 물었다.

"그대는 무슨 일로 찾아왔느냐?"

"소인은 동대문 밖에서 관상을 보는 사람이온데, 우연히 대감댁에 오게 되었습니다."

대감이 어찌 요괴로운 무녀를 대하여 말을 섞으리요마는, 길동의 장래가 걱정스러워 즉시 길동을 불렀다.

관상녀는 길동의 얼굴을 자세히 살피다가 갑자기 놀라며 말했다.

"이 공자의 상을 보니 천고 영웅이요 일대호걸이지만, 지체가 부족하여 다른 염려는 없을 듯하옵니다."

그러고는 더 이상 말을 잇지 못하고 잠시 주저하는 기색을 보였다.

대감과 부인이 크게 의심이 나서 말했다.

"무슨 말이든지 바른대로 고하라!"

관상녀가 마지 못하는 체를 하며 주위 사람들을 내보내고 말했다.

"공자의 상을 보니, 가슴속에 조화가 무궁하고 미간에 산천의 정기가 영롱하여 실로 왕이 될 기상입니다. 장성하면 장차 온 집안이 멸하는 화를 당하게 될 것이오니, 대감은 굽어 살피셔야 합니다."

대감이 듣고 나서 한참 동안이나 묵묵히 있다가 마음을 진정시키면서 일렀다.

"사람의 팔자는 피하기 어려운 것이니, 너는 이런 말을 어디에도 누설해서는 안 된다."

이렇게 당부하고 돈을 주어 보냈다.

그 후로 대감은 길동을 산에 있는 정자에 머물게 하고 행동거지 하나하나를 엄하게 감시했다.

길동은 이런 일을 당하자 설움이 더욱 북받쳤지만, 《육도삼략》이라는 병법과 천문 지리를 공부하며 마음을 다스렸다.

대감이 이 사실을 알고는 크게 근심하며 말했다.

"이놈이 본래 재주가 있었지만, 만일 그 재주를 믿고 함부로 날뛰게 되면 필시 관상녀의 말처럼 되리니 장차 이를 어찌할꼬."

이때 초란이 길동을 없애기 위해 거금을 들여 자객을 매수했는데, 그 이름이 특재였다.

초란은 특재에게 전후 사정을 자세히 일러 주고는 대감에게 가서 아뢰었다.

"며칠 전 관상녀가 얘기한 것이 귀신 같으니, 길동의 앞일을 어떻게 처리하려 하십니까? 저도 놀랍고 두려우니 일찌감치 길동을 없애 버리는 것이 나을 듯하옵니다."

대감은 이 말을 듣고 눈썹을 찡그리면서 말했다.

"이 일은 내 알아서 할 터이니, 너는 번거롭게 굴지 마라."

초란을 이렇게 야단치고 물리치기는 했으나, 대감은 마음이 산란하여서 밤이면 잠을 이루지 못하더니 급기야 병이 나고 말았다.

부인과 좌랑 인형이 크게 근심하며 어찌할 바를 모르고 있는데, 초란에 곁에서 모시고 있다가 아뢰었다.

"대감의 병환이 위중하심은 길동으로 인한 것입니다. 저의 좁은 소견으로는 길동을 죽여 없애야만 상공의 병환도 완쾌되실 뿐만 아니라 가문도 보존할 수 있을 것입니다. 어찌 이 점을 생각지 않으시는지요?"

부인이 말했다.

"아무리 그렇다 해도 천륜이 중하거늘, 차마 어찌 그런 짓을 하겠느냐."

초란이 또 나섰다.

"듣자오니 특재라 하는 자객이 있는데, 사람 죽이는 것을 귀신같이 한다고 합니다. 천금을 주고라도 밤에 몰래 들어가 길동을 해치우게 하면 대감이 알 리 없으니, 부인은 다시 한 번 생각하십시오."

그러자 부인이 좌랑과 더불어 눈물을 흘리며 말했다.

"이는 차마 못할 짓이지만 우선은 나라를 위함이요, 다음은 대감을 위함이요, 마지막으로 홍 씨 가문을 보존함이니 별수 없구나. 네 생각대로 행하라."

초란이 속으로 기뻐하며 다시금 특재를 불러 자세히 일러 주었다.

"오늘 밤 안으로 신속하게 해치워라!"

특재는 이를 수락하고, 날이 어두워지기만을 기다렸다.

*

이때 길동의 나이 열한 살이었다.

길동은 원통한 생각이 들어 산 속 정자에 잠시도 머물고 싶지 않았다. 그러나 대감의 명이 지엄하므로 어쩔 수 없이 밤마다 잠을 설치면서 안절부절못했다.

그런데 그날 밤, 촛불을 밝히고 《주역》을 읽고 있는데, 까마귀가 세 번 울고 가는 것이었다.

길동이 이상히 여겨 혼잣말을 했다.

"저 짐승은 본래 밤을 꺼리거늘, 이제 울고 가니 매우 불길한 징조로다."

그는 잠시 《주역》의 팔괘로 점을 쳐 보고는 크게 놀라 책상을 밀치고 둔갑법으로 몸을 숨긴 채 동정을 살폈다.

사경쯤 되자 한 사람이 비수를 들고 천천히 방문이 들어왔다.

길동이 급하게 몸을 감추고 주문을 외니, 홀연 방 안에 한 줄기의 음산한 바람이 일어나면서 집은 간 데 없고 첩첩산중이 되었다.

특재는 크게 놀라며, 길동의 조화인 줄 알고 비수를 감추며 피하려고 했다. 그러나 갑자기 길이 끊어지면서 층암절벽이 앞을 가로막아, 오도 가도 못하는 처지가 되고 말았다.

사방으로 방황하고 있는데 어디선가 피리 소리가 들리기에 정신을 차리고 살펴보니, 어린 소년이 나귀를 타고 오다가 피리 불기를 그치고 꾸짖었다.

"너는 무슨 일로 나를 죽이려 하느냐? 무죄한 사람을 해치면 어찌 천벌이 없겠느냐?"

그리고 곧 소년이 주문을 외니, 홀연히 검은 구름이 일어나며 큰비가 쏟아지더니 모래와 자갈이 날렸다.

특재가 정신을 가다듬고 살펴보니 길동이었다. 그 재주가 신기하다고는 여기면서도 특재는 길동에게 달려들면서 큰소리를 쳤다.

"너는 죽어도 나를 원망하지 마라. 초란이 무녀와 관상녀를 시켜 대감과 의논하게 하여 너를 죽이려 한 것이니, 어찌 나를 원망하겠는가."

특재가 칼을 들고 달려들자, 길동이 분함을 참지 못해 요술로 특재의 칼을 빼앗아 들고 호통을 쳤다.

"네가 재물을 탐내어 사람 죽이기를 능사로 여기니, 너같이 무도한 놈은 죽여서 후환을 없이 하겠다."

그러고는 칼을 한 번 휘두르니, 특재의 머리가 방 가운데 뒹굴었다.

길동은 분노를 이기지 못해, 그날 밤에 바로 관상녀를 잡아다 특재가 죽어 있는 방에 밀어 넣고 꾸짖었다.

"이 요망한 년! 재상가에 출입하며 인명을 상해하니 네 죄를 네 아느냐?"

관상녀가 길동의 꾸짖는 소리를 듣고 애걸하며 말했다.

"이는 소인의 죄가 아니오라 초란 마님의 가르침이오니, 인후하신 마음으로 용서해 주옵소서."

길동이 말했다.

"초란은 나의 의모라 의논치 못하려니와, 너 같은 악종을 내 어찌 살려 두겠느냐."

그러고는 관상녀의 목도 단숨에 베어 버렸다.

이때 길동이 두 사람을 죽이고 하늘을 살펴보니, 은하수는 서쪽으로 기울어지고 달빛은 희미하고 삭풍이 불어 대므로 마음이 더욱 울적해졌다.

아직도 분함을 이기지 못해 초란마저 죽이려고 하다가, 대감이 사랑하는 여자라는 데 생각이 미치자 칼을 던지고 달아나 목숨이나 건지기로 마음먹었다.

바로 대감 침소로 가 하직 인사를 올리려고 하는데, 마침 창밖의 인기척을 이상히 여긴 대감이 창문을 열고 내다보았다.

대감이 길동을 불러 말했다.

"밤이 이미 깊었거늘 네 어찌 자지 아니하고 무슨 연고로 이러하느냐?"

길동이 땅에 엎드려 아뢰었다.

"소인이 일찍 부모님께서 낳아 길러 주신 은혜를 만 분의 일이라도 갚을까 했더니, 집안에 불의한 사람이 있어 대감께 참소하고 소인을 죽이고자 하기에, 겨우 목숨은 건졌으나 대감을 오래 모실 길이 없어 오늘 대감께 하직 인사를 고하려고 합니다."

대감이 크게 놀라 물었다.

"무슨 곡절이 있기에 어린아이가 집을 버리고 어디로 가겠다는 거냐?"

"날이 밝으면 자연 알게 되실 겁니다. 소인의 신세는 떠도는 구름과 같으니 따로 찾지 마십시오."

길동이 눈물을 주르륵 흘리자 대감은 측은한 마음이 들어 타일렀다.

"내 너의 품은 한을 짐작하겠으니, 오늘부터는 아버지를 아버지라 부르고 형을 형이라 부르도록 허락하겠다."

"아버님께서 이제라도 소자가 품은 한을 풀어 주시니 죽어도 여한이 없습니다. 엎드려 바라옵건대, 아버님께서는 만수무강하옵소서."

길동이 엎드려 하직하니, 대감은 더 이상 붙들지 못하고 다만 길동의 무사함만을 당부했다.

길동이 또 어머니 침소에 가서 다시 이별을 고했다.

"소자는 비록 어머니 곁을 떠나게 되었지만, 다시 모실 날이 분명히 있을 터이니 어머니는 그 사이 몸 성히 지내십시오."

춘섬이 그 말을 듣고 무슨 변고가 있음을 짐작하나, 굳이 묻지는 않은 채 하직하는 아들의 손을 잡고 통곡하면서 말했다.

"어디로 가려 하느냐? 한 집에 있어도 따로 떨어져 지냈건만, 이제 너를 정처 없이 보내고 내 어찌 살 수 있겠느냐. 금방 돌아와서 다시 살자꾸나."

길동이 하직하고 문을 나와 멀리 바라보니 첩첩한 산중에 구름만 자욱한데, 정처 없이 발길을 옮기는 모양이 가련할 따름이었다.

한편 초란은 특재로부터 아무런 기별이 없자 안절부절못하다가 몰래 사람을 보내 사정을 알아보게 하였다.

길동은 어디론가 사라지고, 특재와 관상녀의 주검이 방 안에 뒹굴고 있음을 알게 된 초란은 혼비백산하여 부인께 이 일을 고했다.

부인 또한 깜짝 놀라 급히 좌랑을 불러 사정을 말하고 대감에게도 고했다.

대감이 크게 놀라며 말했다.

"길동이 밤에 와 슬피 하직하기에 이상하다 여겼더니, 이런 일이 벌어졌구나."

이에 좌랑이 감히 숨기 못하고 초란의 계교를 아뢰었다. 대감은 더욱 분노하여 초란을 내쫓고, 조용히 그들의 시체를 감추도록 한 뒤 누구에게도 이 일을 발설하지 못하도록 몇 번이고 당부했다.

*

그 무렵, 길동은 부모와 이별하고 정처 없이 떠돌다가 경치가 비할 수 없이 좋은 곳에 이르렀다. 인가를 찾아 들어갔으나 인가는 없고 큰 바위 밑에 돌문이 닫혀 있었다.

그 문을 가만히 열고 들어가자 넓은 평야가 나타나는데, 거기에는 수백 호의 집들이 들어서 있고 여러 사람이 모여 잔치를 벌이며 즐기고 있었다.

알고 보니 그곳은 도적의 소굴이었다.

길동이 굴 안에 들어서자 한 사람이 길동을 보고 예사롭지 않다는 듯 반겨 말했다.

"그대는 누구이기에 이곳에 찾아왔는가? 이곳에는 영웅이 모여 있으나 아직 우두머리를 정하지 못하고 있으니, 그대가 만일 용력(勇力)이 있어 참여할 마음이 나면 저 돌을 들어 보라."

길동이 이 말을 듣고 다행히 여기며 절을 한 다음에 말했다.

"나는 서울 홍 판서의 서자 길동인데, 집에서 천대받기 싫어 아무 곳으로나 정처 없이 떠다니는 중이오. 하늘이 지시하여 우연이 이곳에 이르렀는데, 녹림호걸(綠林豪傑)들이 동료로 대해 주시니 고맙기 그지없소. 또한 장부가 어찌 저만한 돌 들기를 걱정하겠소."

길동이 천 근이나 되는 돌을 번쩍 들어 수십 보를 걷다가 던지니, 그 광경을 지켜본 도적들이 일시에 감탄해 마지않았다.

"과연 장사로다! 우리 수백 명 중에 이 돌을 든 사람이 없었는데, 하늘이 도우셔서 장군을 보내 주셨소."

도적들이 길동을 상좌에 앉히고 술을 차례로 권하였다. 길동과 도적들은 백마를 잡아 그 피로써 맹세하면서 굳은 언약을 맺었다.

"우리 수백 인이 오늘부터 사생고락을 한가지로 할지니, 만일 약속을 배반하고 영을 어기는 자가 있으면 군법으로 처단하리라."

그러고는 모든 무리가 일시에 응낙하고 온종일을 먹고 마시며 놀았다.

이후, 길동이 도적들과 더불어 무예를 연마하며 수개월을 보냈다.

어느 날 몇몇 도적이 찾아와 길동에게 물었다.

"우리가 일찍부터 합천 해인사를 쳐서 그 재물을 빼앗고자 했으나, 지략이 부족하여 실천에 옮기지 못했습니다. 장군님 의견은 어떠하신지요?"

길동이 웃으며 말했다.

"내 합천 해인사에 가 모책을 정하고 오리라. 그대들은 내 지휘대로만 하라."

길동은 푸른 도포에 검은 띠를 띠고 나귀 등에 올라 종자 수인을 데리고 가니 완연한 재상의 자제였다.

길동은 해인사에 들어가 주지에게 먼저 말했다.

"나는 서울 홍 판서댁 자제로 이 절의 소문을 듣고 먼 거리를 따지지 않고 구경도 하고 공부를 하려고 왔소. 사중에 머무는

동안 잡일을 일체 물리칠 것이니, 내가 이곳에 머무는 것을 괴롭게 생각하지 말기 바라오. 그리고 내일 백미 이십 석을 보낼 것이니 음식을 깨끗이 장만하시오. 여러분과 더불어 승속을 따지지 않고 동락한 후에 그날부터 공부를 할 것이오."

길동이 절 안을 두루 살펴보고 동구를 나오니, 모든 중이 기뻐했다.

절에서 돌아온 길동은 백미 수십 석을 보낸 다음 부하들을 불러 놓고 말했다.

"이제 아무 날 해인사에 가서 모든 중을 다 결박할 것이니, 너희들이 근처에 매복했다가 일시에 절로 들어와 재물을 수탐하여 가지고 내가 명령하는 대로 행하되 부디 영을 어기지는 말아라."

그날이 다가오자, 길동은 부하 수십 명을 데리고 해인사에 당도했다.

중들이 반가이 맞이해 들이자, 길동이 노승을 불러 물었다.

"내가 보낸 쌀이 부족하지는 않던가요?"

"어찌 부족하겠습니까. 무척 황감했습니다."

중들이 어찌 대적의 흉계를 알겠는가. 행여 분부를 어길까 염려하여 즉시 그 백미로 음식을 장만하고, 사중에 머무는 잡인을 다 밖으로 내보냈다.

길동이 맨 윗자리에 앉아 모든 중을 청해 각기 상을 받게 하고 먼저 술을 마시며 차례로 권하니, 모든 중이 황감해했다.

길동이 음식을 먹다가 모래를 슬그머니 입에 넣고 깨무니 소리가 크게 났다. 중들이 듣고 놀라 사과를 했지만, 길동은 일부러 화를 내어 꾸짖었다.

"음식을 어찌 이리도 함부로 했소? 이는 나를 얕보고 업신여기는 것이 분명하오."

길동이 부하들을 시켜 모든 중을 한 줄에 결박하여 앉히니, 모두가 겁이 나서 어쩔 줄을 몰라 했다.

절 안은 일시에 소란스러워졌다. 그러자 동구 사면에 매복했던 도적 수백 명이 이 기미를 탐지하고, 일사에 달려들어 고를 열고 수만금 재물을 제 것 가져가듯이 우마(牛馬)에 싣고 갔다. 하지만 사지를 요동치 못하는 중들은 입으로 원통하다고 소리를 지를 따름이었다.

외출했던 불목하니(절에서 밥을 짓고 물을 긷는 일을 맡아서 하는 사람)가 마침 돌아오다가 이 광경을 보고 관가에 알리니, 합천 원이 관군을 뽑아 그 도적들을 잡아오게 했다.

도적들이 재물을 싣고 우마를 몰아 나서며 멀리 바라보니, 수천 군사가 풍우같이 몰려오매 티끌이 하늘에 닿은 듯했다. 도적들은 겁을 먹고서 우왕좌왕하며 길동을 원망했다. 그러자 길동이 말했다.

"너희가 어찌 나의 비계를 알리요? 염려 말고 남쪽 큰길로 가라. 내 저 오는 관군을 북쪽 작은 길로 가게 하리라."

그러고는 법당으로 들어가 중의 장삼을 입고, 고깔을 쓴 다음 높은 봉우리로 올라가서 외쳤다.

군관 수백 명이 도적을 쫓다 소리가 나는 곳을 바라보니, 송낙을 쓰고 장삼을 입은 중이 산에 올라가 있는 것이 아닌가.

"도적이 저 북쪽으로 난 작은 길로 가고 있으니 어서 빨리 잡으시오!"

관군들은 그가 말한 대로 풍우같이 북쪽 작은 길로 찾아가다가 도적은 잡지 못하고 날이 저문 후에 돌아갔다.

이 연유를 감영에 장문하니, 감사(監査)도 듣고 놀래어 각 읍에 발포하여 도적을 잡으라고 했지만 종시 형적을 알지 못했다.

한편, 길동은 부하들을 남쪽의 큰길로 보낸 다음, 중의 복장으로 관군을 속이고 무사히 소굴로 돌아왔다. 모든 부하는 이미 재물을 가져다 놓고 기다리고 있었다.

그들이 모두 일어나 사례하자, 길동이 웃으며 말했다.

"장부가 이만한 재주가 없대서야 어찌 여러 사람의 우두머리가 되겠소."

그 후, 길동은 이 도적의 무리를 일러 '활빈당'이라 칭했다.

활빈당은 조선 팔도를 돌아다니며 각 고을 수령이 불의로 모은 재물이 있으면 이를 탈취하고, 혹 가난하고 의지할 데 없는 사람이 있으면 구제하되, 백성의 재물은 하나라도 범하지 않고 나라의 재산에는 추호도 손을 대지 않았다. 부하들은 그 뜻에 감복해 마지않았다.

어느 날 길동이 활빈당을 모아 놓고 말했다.

"이제 함경 감사가 탐관오리로 백성을 착취해 백성들이 견딜 수 없게 되었다. 우리가 그대로 둘 수 없으니 그대들은 나의 지휘대로 하라. 아무 날 함경감영 남문 밖의 능소 근처로 흘러 들어가 그날 밤 삼경에 불을 놓고 능소에는 범치 못하게 하라. 나는 남은 군사를 거느리고 기다려 감영에 틀어가 군기와 창고를 탈취하리라."

약속을 정한 후에 기약한 날에 군사를 두 조로 나누어 흘러 들어갔다. 그중 한 조는 길동이 거느려 매복하였다가 삼경이 되매 능소 근처에 불을 질렀다.

그러고는 길동이 급히 들어가 관문을 두드리며 소리쳤다.

"능소에 불이 났으니 급히 구해 주세요."

감사가 크게 놀라 불을 끄라 지시하니, 과연 화광(火光)이 창천했다.

관리며 백성들이 한꺼번에 달려 나와 불을 끄고 다녔다. 이때 활빈당 수백 명이 함께 성중에 달려들어 창고를 열고 돈과 곡식을 찾아내 북문으로 달아나니, 성안이 물 끓듯 시끄러웠다.

감사가 뜻밖의 변을 당하여 어쩔 줄을 모르더니, 날이 밝은 후 살펴보고서야 창고의 무기와 곡식이 없어졌음을 깨닫고 크게 놀라 도적 잡기에 전력을 기울였다.

그런데 감영 북문에 방이 붙었는데, 다음과 같았다.

'아무 날 성중의 창곡과 군기를 훔친 자는 활빈당 당수 홍길동이라.'

이를 본 감사가 군사를 징발하여 도적을 잡으려 했다.

한편, 길동이 여러 부하와 함께 곡식을 많이 훔쳤으나 행여 길에서 잡힐까 염려하여 둔갑법과 축지법을 써서 처소에 돌아오니 날이 새고 있었다.

하루는 길동이 여러 부하를 모아 놓고 말했다.

"이제 우리가 합천 해인사에 가 재물을 탈취하고, 또 함경감영에 가 돈과 곡식을 훔쳐서 소문이 파다하려니와, 나의 이름을 써서 감영에 붙였으니 오래지 않아 잡히기 쉬울 것이다. 그러나 그대들은 마음 쓸 것이 없으니, 이제 나의 재주를 보라."

그는 즉시 짚으로 일곱 사람을 만들더니, 주문을 외워 혼백을

불어넣었다. 곧 일곱 길동이 한꺼번에 벌떡벌떡 일어나 팔을 뽐
내며 크게 소리치고 한 곳에 모여 야단스럽게 지껄이니, 어느
것이 진짜 길동인지 알 수가 없었다. 이들 여덟 길동이는 팔도
에 하나씩 흩어지되 각각 사람 수백 명씩을 거느리고 다녔는데,
그중에서도 어느 것이 진짜인지 가려낼 도리가 없었다.

이 여덟 길동이는 팔도를 돌며 바람과 비를 불러일으키는 술
법을 부려 각 고을 양곡을 하룻밤 사이에 종적 없이 털어냈다.
또 지방에서 서울로 올려 보내는 봉물들도 놓치지 않고 탈취하
니, 팔도가 다 시끄러워져 사람들이 밤에는 잠을 설치고 낮에는
밖으로 나다니지 못했다.

또한 길동이 혹 쌍교를 타고 다니며 수령을 임의로 출척하고,
혹 창고를 통개하여 백성을 진휼하며, 죄인을 잡아 다스리고,
옥문을 열고 무죄한 사람은 방면했다.

하지만 각 읍이 종시 그 종적을 모른 채 도리어 분주하기만
하니, 나라 전체가 흉흉했다.

마침내 임금이 진노해서 말했다.

"이 어떠한 놈의 용맹이 한날에 팔도에 다니며 이같이 작란하
는고? 나라를 위하여 이놈을 잡을 자가 없으니 가히 한심하도
다!"

팔도의 감사들도 임금에게 장계를 올렸는데, 그 내용은 대개

이러했다.

'홍길동이라는 대적이 난데없이 나타나 신통한 술법을 부리
면서 각 고을의 재물을 탈취하고 서울로 보내는 봉물을 빼앗
아 폐단이 극심하옵니다. 그 도적을 잡지 않으면 장차 어느
지경에 이를지 알지 못할 정도이옵니다. 엎드려 바라옵건대,
성상께서는 좌우 포도대장에게 명하여 그 도적을 잡게 하옵
소서.'

임금이 보고 크게 놀라 포도대장을 부르고 있는데, 연달아 팔
도에서 장계가 올라오는지라, 다 읽어 보니 도적 두목의 이름은
홍길동이라 했고 돈과 곡식 잃은 날짜는 한날 한시였다.

임금이 크게 놀라 말했다.

"이 도적의 용맹과 술법은 옛날 중국의 도적 치우(전설상의 인
물로 술법이 특이했다.)라도 당하지 못하겠도다. 아무리 신기한
놈이라 한들 한 몸이 팔도에서 한날 한시에 도적질을 하리오?
이는 보통 도적이 아니어서 잡기 어렵겠으니, 좌포장과 우포장
이 군사를 내어서 잡으라."

우포장 이흡이 아뢰었다.

"신이 비록 재주는 없으나 그 도적을 잡아오겠사오니, 전하께

서는 근심하시지 마옵소서. 하오나 좌우 포장이 어찌 한꺼번에 출전하겠습니까?"

임금이 옳다고 여겨 우포장에게 급히 출발하기를 재촉하니, 이엽이 하직한 후 수많은 졸개를 거느리고 출발하면서 각각 흩어져 아무 날 문경에 모이기로 약속했다.

그런 다음 이엽은 포졸 몇 명을 데리고 변복한 채 다녔다.

하루는 날이 저물어 주막을 찾아 쉬고 있는데, 갑자기 어떤 소년 서생이 나귀를 타고 들어와 인사를 했다. 포장이 인사를 받으니, 그 소년이 갑자기 탄식하며 말했다.

"온 천하가 임금의 땅이 아닌 곳이 없고, 모든 땅의 백성이 임금의 신하 아닌 이가 없으니, 소생이 비록 시골에 있으나 나라를 위해 근심을 하고 있습니다."

포장이 일부러 놀라는 체하며 물었다.

"그게 무슨 말이오?"

"홍길동이라는 도적이 팔도로 다니며 소란을 피워 인심이 동요하고 있는데, 그놈을 잡아 없애지 못하니 어찌 분하지 않겠습니까?"

포장이 이 말을 듣고 말했다.

"그대가 기골이 장대하고 말하는 것이 충직하니, 나와 더불어 그 도적을 잡는 것이 어떻겠소?"

소년이 응낙하며 말했다.

"내 일찍부터 도적을 잡고자 했으면서도 용력 있는 사람을 만나지 못하여 그냥 있었는데, 이제야 사람을 만났으니 어찌 다행이 아니겠습니까? 이제 말씀이 그러할진대 나와 함께 그 재주를 시험하고 홍길동이 거처하는 데를 탐지하고자 합니다."

이엽이 응낙하고 그 소년을 따라 함께 깊은 산중으로 갔더니, 그 소년이 몸을 솟구쳐 층암절벽 위에 올라앉으며 말했다.

"이제 힘을 다하여 나를 차면 그 용력을 가히 알 것입니다."

소년이 벼랑 끝에 가 앉자 포장이 생각했다.

'제 아무리 용력이 있다한들 한 번 차면 어찌 떨어지지 않으리오.'

포장은 젖 먹던 힘을 다하여 두 발로 힘껏 차니 그 소년이 갑자기 돌아앉으며 말했다.

"진정 장사입니다. 내가 여러 사람을 시험해 보았지만 나를 움직이게 한 자가 없었는데, 이제 그 발에 차여 오장이 다 울린 듯합니다. 이제 길동의 소굴로 들어가 탐지하고 올 것이니 여기서 기다리십시오."

포장은 속으로 의심은 되었으나 빨리 잡아 오라고 당부하고는 앉아 있었다.

소년이 떠나자 홀연히 계곡으로부터 수십 명의 사내가 요란하게 소리를 지르며 내려왔다.

포장이 크게 놀라 피하려고 했는데, 그들은 삽시간에 달려와 포장을 묶으면서 꾸짖었다.

"네가 포도대장 이업이렷다? 우리는 저승의 왕명을 받아 너를 잡으러 왔다."

일시에 달려들어 철쇄로 묶어 가니, 이업은 혼불부신하여 지하인 줄, 인간인 줄도 모를 지경이었다.

경각 지경에 한 곳에 이르니 광대한 궁궐에 무수한 신장(신병을 거느리는 장수)들이 주위에 늘어서 있고, 그 위에서 꾸짖는 소리가 들려왔다.

"네 감히 활빈당 장수 홍길동을 쉽게 보고 잡으려 하느냐? 홍 장군은 하늘의 명을 받아 팔도를 다니며 탐관오리와 비리로 취하는 놈의 재물을 앗아 불쌍한 백성을 구휼하시는 분이시다. 너희 놈들이 나라를 속이고 임금에게 무고하여 옳은 사람들 해하여, 너 같은 간사한 작자들을 잡아다가 다른 사람을 경계코자 하는 것이니 한탄하지 마라."

이어서 황건 역사에게 명이 떨어졌다.

"이업을 잡아 풍도에 붙여 영불출세케 하라."

그러자 이업이 머리를 땅에 조아리며 빌었다.

"홍 장군이 각 읍을 다니며 민심을 소란케 하시어 임금이 진노하시므로 신하의 도리로 앉아 있지 못하여 명을 받잡고 나왔사오니 무죄한 목숨을 용서하옵소서."

이엽이 무수히 애걸하니, 길동이 그 거동을 보고 크게 웃었다. 그러고는 군사에게 명하여 이엽을 풀어 준 다음 전상에 앉히고서 술을 권하며 말했다.

"그대 머리를 들어 나를 보라. 나는 곧 주막에서 만났던 그 소년이요. 그리고 그 소년은 곧 홍길동이다. 그대 같은 이는 수만 명이라도 나를 잡지 못할지라. 그대를 유인하여 이리로 데려온 것은 우리 위엄을 보이려 함이요, 일후에 그대와 같은 자가 있거든 그대로 하여금 말리게 하려 함이로다."

길동은 말을 마치고서 같이 잡혀 들어온 두어 사람에게도 말했다.

"너희도 벨 것이로되, 이미 이엽을 살려 돌려보내기로 했으니 너희도 방송한다. 이후에는 다시 홍 장군 잡기에 끼지 마라."

그러고는 부하들에게 그들을 내보내라고 했다.

'이것이 꿈인가, 생시인가? 여기에는 어찌하여 왔을까?'

포장이 길동의 신기한 조화에 놀라 일어나려고 하였으나, 갑자기 팔다리를 움직일 수가 없었다. 괴이하다는 생각이 들어 정신을 차리고 살펴보니, 자신이 가죽 부대 속에 들어 있었다.

간신히 나오니, 또 다른 가죽 부대 셋이 나무에 걸려 있었다.

그것을 차례로 끌러 내자 처음 떠날 때 데리고 왔던 부하들이
들어 있었다.

그들은 서로를 보며 말했다.

"이게 어찌 된 일인고? 우리가 떠날 때에는 문경으로 모이자
했는데, 어찌 이곳에 왔을꼬?"

주변을 두루두루 살펴보니, 다른 곳도 아니고 서울의 북악산
이었다.

"너희는 어째서 여기 왔느냐?"

세 사람이 아뢰었다.

"소인들은 주막에서 자고 있었는데, 갑자기 바람과 구름에
싸여 이리 왔사오니 어찌 된 까닭인지 알지를 못하겠습니다."

포장이 말했다.

"이 너무나 허무맹랑하니 남에게 말하지 마라. 그러나 길동의
재주를 헤아릴 수 없으니 사람의 힘으로써야 어찌 잡겠는가?
우리가 이제 그냥 들어가면 반드시 죄를 면치 못할 것이니, 몇
달을 기다리다가 들어가자꾸나."

*

이때 길동이 신출귀몰하여 팔도에 횡행하되, 능히 대적할 자가 없었다. 수령의 간상을 어사로 꾸며 출도하여 적발한 다음 탐관오리의 목을 자르기도 하고, 각 읍의 진공 뇌물을 낱낱이 탈취하여 백성들을 구제하니 장안 백관은 갈수록 곤혹스러워했다.

어떤 때는 수레를 타고 장안 대로로 왕래하고, 각 고을에 통고해 놓고는 쌍가마를 타고 왕래하기도 했다.

"이놈이 각 도를 돌아다니면서 이런 난리를 치는데도 아무도 잡지 못하니, 이를 장차 어찌하리오?"

임금이 삼정승과 육판서를 모아 놓고 의논을 하는 중에도 연이어 장계가 올라왔다. 모두 다 팔도에서 홍길동이 장난한다는 내용이었다.

임금이 차례대로 본 다음 더욱 근심어린 얼굴로 좌중을 둘러보며 말했다.

"이놈이 아마 사람은 아니고 귀신인 것 같소. 조신 중에서 누가 그 근본을 짐작할 수 있겠소?"

이에 한 사람이 나서서 말했다.

"신이 듣자오니, 도적 홍길동은 전 판서 홍 아무개의 서자요

병조좌랑 홍인형의 서제이오니, 이제 그 부자를 잡아와 친히 문초하시면 자연히 알게 되실 줄 아옵니다. 제 아무리 불충무도한 놈이나 그 부형의 낯을 보아 스스로 잡힐까 하나이다."

임금이 더욱 화를 냈다.

"그런 말을 어찌 이제야 한단 말이오?"

이리하여 홍 아무개는 의금부에 가두고, 먼저 인형을 잡아들여 임금이 몸소 문초를 했다.

임금이 진노하여 책상을 두드리며 말했다.

"길동이라는 도적이 너의 서제라는데, 어찌하여 막지 않고 그냥 두어 나라에 큰 재앙을 불러오게 하느냐? 만일 네가 잡아들이지 않으면 네 부자의 충효도 돌아보지 않을 것이니, 빨리 잡아들여 나라에 변이 없게 하라."

인형이 황공하여 머리를 조아리며 아뢰었다.

"신의 천한 아우가 있어 일찍 사람을 죽이고 달아난 지 몇 년이나 지났으되, 그 생사를 알지 못하여 신의 늙은 아비는 그 때문에 신병이 위중한 나머지 목숨이 끊어질 지경에 이르렀습니다. 길동이 착하지 못하여 성상께 근심을 끼쳤으니, 신의 죄는 만 번 죽어도 애석하지 않사옵니다. 그러나 엎드려 바라옵건대, 전하께서는 자비로운 은덕을 내려 신의 아비를 용서하시와 집에 돌아가 조리하게 하시면, 신이 죽음으로써 맹서하건대 길동을 잡아 저희 부자의 죄를 면할까 하옵니다."

임금이 다 듣고 감동하여 즉시 홍 아무개를 사면하고, 인형에게 경상감사를 제수하면서 말했다.

"만일 경이 길동을 잡지 못하면 감사로서의 자질이 없다고 볼 것이니라. 일 년 기한을 주니 그 안에 잡아들이도록 하라."

인형이 수없이 절을 하며 감사하면서 임금께 하직했다. 그리고 바로 다음 날로 경상감사로 부임해서는 각 고을에 방을 붙였다. 그 내용은 다음과 같다.

'사람이 세상에 남에 오륜(五倫)이 으뜸이요, 오륜이 있음으로써 인의예지(仁義禮智)가 분명하거늘, 이를 알지 못하고 임금과 부모의 명을 거역해 불충불효하면 어찌 세상이 용납하리요.

내 아우 길동은 이런 일을 알 것이니, 스스로 형을 찾아와 사로잡히라. 아버지께서 너로 말미암아 깊이 병환이 드셨고, 성상께서도 크게 근심하시니, 네 죄악은 가득 차서 흘러넘치는 바라.

이에 성상께서 나를 특별히 감사로 임명하여 너를 잡아들이라 하신다. 만일 잡지 못하면 우리 홍 씨 집안의 누대에 걸친 깨끗한 덕이 하루아침에 없어지리니, 어찌 슬프지 않으랴.

바라노니, 아우 길동은 이를 생각하여 스스로 나타나 자수하면 너의 죄도 덜어질 것이요, 우리 가문도 보존될 것이니 자진 출두하라.'

감사는 이 방을 각 고을에 붙인 뒤, 전하의 근심과 부친의 병세를 염려하여 수심으로 날을 보내며 행여 길동이 오기만을 기다렸다.

그런데 어느 날 하인이 아뢰었다.

"어떤 소년이 수십 명의 하인을 거느리고 와서 뵙기를 청합니다."

감사가 즉시 맞아들이니, 그 소년이 섬 위에 엎드려 죄를 청하는 것이었다.

감사 괴히 여겨 그 연고를 물었다.

"형장은 어찌 소제 길동을 모르시나이까?"

이에 감사가 눈을 들어 자세히 보니 그토록 기다리던 길동인지라, 길동의 손을 잡고서 방으로 들어와 좌우를 물리치고 흐느껴 울면서 말했다.

"길동아, 네가 어려서 집을 떠난 후에 이제야 만나니 반가운 마음이 도리어 슬프도다! 네 저러한 풍도와 재주로 어찌 이렇듯 불측한 일을 하여 아버지의 애를 끊게 하느냐? 향곡의 우미

한 백성들도 임금에게 충성하고 아비에게 효도할 줄 알거든, 너는 성정이 총명하고 재주 또한 높아 마땅히 더욱 충효를 숭상할 사람이 아니냐. 그 부형되는 자가 그 같은 고명한 자제를 두었다 하여 심독회자부하더니 도리어 부형에게 근심을 끼치느냐? 네 이제 충의를 취하여 사지에 돌아가도 그 부형은 어찌할 도리가 없을 뿐 아니라, 하물며 역명을 무릅쓰고 죽게 되니 그 부형의 마음이 다시 어떠하겠느냐! 국법이 사정이 없으니 아무리 구원코자 하여도 어찌 못하고, 서러워한들 무슨 효험이 있겠느냐. 너는 부형의 낯을 보아 죽기를 감심하고 왔으나, 나는 두렵고 비척한 마음이 너 아니 본 때보다 더하느니라! 너는 네 지은 죄니 하늘과 사람을 원망치 못해도, 부친과 나는 목전의 너를 죽이는 줄로 명도를 탓할 뿐이라. 네 어찌 이를 깨닫지 못하고 이렇듯 범람한 죄를 지었느냐? 천추를 역수하여도 생리사별이 오늘밤에 비치 못하리로다!"

길동이 머리를 숙이고 말했다.

"이 불초한 동생 길동이 여기에 이른 것은 부형을 위태로움으로부터 구하기 위함이니, 어찌 다른 말이 있으오리까? 대감께서 일찍이 천한 길동을 위하여 아버지를 아버지라 부르게 하고 형을 형이라 부르게 하셨던들 어찌 여기까지 이르렀겠습니까? 이제 와서 지난 일은 말해 봐야 쓸데없거니와, 이제 이 몸을 결박하시어 서울로 올려 보내십시오."

그러고는 길동은 다시 말이 없었다.

감사는 이 말을 듣고 하염없이 눈물을 흘렸다.

그러나 이내 공문을 쓴 다음, 길동을 철쇄로 결박하여 죄인 호송용 수레에 태웠다. 그리고 건장한 장교 십여 명을 뽑아 호송하게 한 뒤 주야로 갑절의 길을 가도록 시켜 올려 보냈다.

각 고을 백성들은 길동의 재주를 익히 들어 아는지라, 길동을 잡아 온다는 소문을 듣고 길에 모여 구경을 했다.

그런데 이때에 팔도에서 다 각기 길동을 잡았노라 장문하고 나라에 올리니, 조정과 서울 사람들이 어찌 된 영문인지 몰라 어리둥절했다.

임금이 대경하여 온 조정의 신하들을 모으고 몸소 죄인을 다스리는데, 여덟 명의 길동이 다투면서 말했다.

"네가 무슨 길동이냐? 내가 참 길동이로다."

서로 이렇게 말을 하니 어느 것이 진짜 길동인지 도무지 분간할 수가 없었다.

임금이 괴이하게 여기고 즉시 홍 아무개를 불러 명했다.

"자식을 알아보는 데는 아비만 한 자가 없다 했으니, 저 여덟 중에서 경의 아들을 찾아내라."

홍 대감이 황공하여 머리를 조아리면서 아뢰었다.

"신이 행실을 지키지 못하여 천첩을 가까이한 죄로 천한 자식을 두어 전하의 근심이 되옵고 조정이 분운하오니, 신의 죄 만 번 죽어도 마땅하오이다. 신의 천자 길동은 왼편 다리에 붉은 점 일곱이 있사오니, 그것을 자세히 살피시면 진짜 길동을 알 수 있을 것입니다."

그러고는 눈물을 흘리며 여덟 길동을 보며 꾸짖었다.

"네 아무리 불충불효한 놈이라도 위로 성상이 친림하시고, 버금 아래로 아비가 있거늘, 네가 이렇듯 천고에 없는 죄를 지었으니 죽기를 겁내지 마라. 빨리 형벌에 나아가 천명을 받아들여라. 만일 그렇지 아니하면, 네 눈앞에서 내가 먼저 죽어 성상의 진노하시는 마음을 만분의 일이라도 덜 것이니라."

그런데 여덟 길동이 일시에 다리를 걷고 일곱 점을 서로 내보이는 것이었다.

그러자 대감이 그 진위를 가리지 못하고 우구한 마음을 이기지 못하여 인하여 피를 토하며 엎어져 기절하고 말았다.

임금이 크게 놀라며 급히 좌우에 명하여 궐내의 약국에 명해 치료하게 했으나 효험이 없었다.

이를 보고 있던 여덟 길동이 자기 낭중에서 대추 같은 환약 두 개씩을 내어 서로 다투어서 대감의 입에 넣으니, 잠시 후에 대감의 정신이 돌아왔다.

이에 여덟 길동이 울며 임금에게 아뢰었다.

"소신의 아비가 국은을 많이 입었사온데 신이 어찌 감히 나쁜 짓을 하오리까마는, 신은 본래 천비의 소생이라 아비를 아비라 못 하옵고 형을 형이라 못 하오니, 평생 한이 맺혔기에 집을 버리고 도적의 무리에 들어갔사옵니다. 그러나 백성은 추호도 범하지 않고 각 고을 수령이 백성들에게 착취한 재물만 빼앗았을 뿐입니다. 그렇게 해 온 지 이제 십 년, 이제 조선을 떠나 갈 곳이 있사오니, 엎드려 빌건대 성상께서는 근심하지 마시고 신을 놓아주소서."

말을 마치고는 여덟 길동이 한데 어우러져 쓰러졌다. 그런데 자세히 살펴보니 참 길동은 간 데 없고 짚으로 만든 여덟 허수아비뿐이었다.

임금이 더욱 놀라며 진짜 길동을 잡으라는 공문을 다시 팔도에 내렸다.

길동은 허수아비를 없애고 두루 다니다가 사대문에 글을 써 붙였다.

'소신 길동은 아무리 하여도 잡지 못할 것이오니, 병조판서 벼슬을 내리시면 잡히겠습니다.'

임금이 그 글을 보고 신하들을 모아 의논하니, 여러 신하가
말했다.

"이제 그 도적을 잡으려다 잡지 못하고, 도리어 병조판서를
제수하심은 이웃 나라에도 창피스러운 일입니다."

임금이 옳다고 여기고 경상감사에게 길동을 잡아들이라고
재촉했다.

"길동을 잡지 아니하고 허수아비를 보내어 형부를 착란케 하
니 허망기군지죄를 면치 못할지라. 아직 죄를 의논치 아니하나
니 십일 내로 길동을 잡으라."

경상감사가 왕명을 받고는 황공하고 죄송하여 어쩔 줄 몰라
했다.

하루는 길동이 공중으로부터 내려와 경상감사에게 절하고
말했다.

"제가 지금은 진짜 길동이오니, 형님께서는 아무 염려 마시
고 결박하여 서울로 보내십시오."

감사가 이 말을 듣고는 손을 잡고 눈물을 흘리면서 말했다.

"이 철없는 것아. 너도 나와 형제인데 부형의 가르침을 듣지
않고 온 나라를 떠들썩하게 하니 어찌 애달프지 않겠느냐. 그러
나 이제 진짜 몸이 와서 나를 보고 잡혀가기를 원하니 도리어
기특하도다."

감사는 이렇게 말한 다음 급히 길동의 왼쪽 다리를 보니 과연 혈점이 있었다. 즉시 팔다리를 단단히 묶어 죄인 호송용 수레에 태운 다음 건장한 장교 수십 명을 뽑아 철통같이 둘러싸고 풍우같이 몰아갔다.

이런 가운데서도 길동의 안색은 조금도 변치 않았다.

그리하여 호송 행렬은 여러 날 만에 서울에 다다랐다. 그러나 대궐 문에 이르러 길동이 한 번 몸을 움직이자 쇠사슬이 끊어지고 수레가 깨져, 길동이 마치 매미가 허물 벗듯 공중으로 올라가며 나는 듯이 운무에 묻혀 버렸다.

장교와 모든 군사는 다만 공중을 바라보며 넋을 잃고 있을 따름이었다.

임금은 보고를 받고 탄식했다.

"천고에 이런 일이 또 어디 있으랴?"

이에 신하 한 사람이 아뢰었다.

"길동이 병조판서를 한 번 지내면 조사를 떠나겠다고 한 것으로 아옵니다. 한 번 그 소원을 풀면 제 스스로 은혜에 감사하오리니, 그때를 타 잡는 것이 좋을까 하옵니다."

임금이 옳다 여기고 즉시 길동에게 병조판서를 제수하고 사대문에 글을 써 붙였다.

그때 길동이 즉시 고관의 복장인 사모관대에 서띠를 띠고 덩 그런 수레에 의젓하게 높이 앉아 큰길로 버젓이 들어오면서 말했다.

"이제 홍 판서 사은(謝恩)하러 온다."

이때 병조의 하급 관리들이 길동을 맞이해 궐내에 들어간 뒤 여러 관원이 의논했다.

"길동이 오늘 임금께 사은하고 나올 것이니, 도끼와 칼을 쓰는 군사를 매복시켰다가 나오거든 일시에 쳐 죽이도록 하자."

길동은 궐내에 들어가 임금께 엄숙히 절하고 아뢰었다.

"소신의 죄악이 지중하옵거늘 도리어 은혜를 입사와 평생의 한을 풀고 돌아가면서 전하와 영원히 작별하오니, 부디 만수무강하소서."

말을 마친 후 몸을 공중에 솟구쳐 구름에 싸이며 사라지니, 그 간 곳을 알 수가 없었다.

임금이 그 모습을 보고 감탄하며 말했다.

"길동의 신기한 재주는 고금에 드문 일이로다. 제가 지금 조선을 떠나노라 했으니, 다시는 폐를 끼칠 일이 없을 것이다. 비록 수상하기는 하나 대장부다운 기개를 가졌으니 이후 염려는 없을 것이로다."

임금은 팔도에 사면(赦免)의 글을 내려 길동 잡는 일을 그만두었다.

한편 길동은 활빈당이 있는 곳에 돌아와서 부하들에게 명령했다.

"내가 다녀올 곳이 있으니, 너희들은 아무 데도 출입하지 말고 내가 돌아오기를 기다려라."

그러고는 즉시 몸을 솟구쳐 남경으로 가다가 한 곳에 다다르니, 이는 세상에서 말하는 소위 율도국이라는 곳이었다. 사방을 살펴보니 산천이 깨끗하고 인구가 번성하여 가히 편안하게 살 만한 곳이었다.

이윽고 남경에 들어가 여기저기 둘러보고, 또 저도(猪島)라 불리는 섬에 들어가 역시 두루 돌아다니며 산천도 구경하고 인심도 살피며 다녔다.

오봉산도 구경했다. 저도는 제일가는 강산이었다. 둘레가 칠백 리요, 기름진 논이 가득하여 살기에 아주 좋아 보였다.

길동은 속으로 생각했다.

'내 이미 조선을 하직한 몸이니 이곳에 들어와 은거하다가 큰일을 도모하리라.'

그리고 다시 소굴로 돌아왔다.

길동은 부하들에게 말했다.

"너희들은 양천 강변에 가서 배를 많이 만들어 몇 월 며칠 경성 한강에서 기다려라. 내 임금께 청해 벼 일천 석을 구해 올 것이니, 기약을 어기지 마라."

한편, 홍 대감은 길동이 소란을 일으키지 않으므로 차차 병이 나아지고, 임금 또한 근심 없이 지내게 되었다.

구월 보름께 임금이 달빛을 받으며 후원을 거닐고 있을 때, 갑자기 한 줄기 맑은 바람이 일어나며 공중에서 피리 소리가 맑게 울려왔다.

그러더니 한 소년이 내려와 임금의 앞에 엎드렸다.

임금이 놀라서 물었다.

"선동이 어찌 인간 세상에 내려왔으며 무엇을 하려 하느뇨?"

소년이 땅에 엎드려 아뢰었다.

"신은 전임 병조판서 홍길동이옵니다."

"네가 깊은 밤에 어찌 왔느냐?"

"신이 전하를 받들어 만세를 모실까 했으나, 제가 천비의 소생이라 문(文)으로는 홍문관이나 예문관 벼슬길이 막혀 있고, 무(武)로는 선전관 벼슬길이 막혀 있사옵니다. 이런 까닭으로 팔도를 떠돌아다니면서 관청에 폐를 끼치고 조정에 죄를 지었던 것이온데, 이는 전하로 하여금 아시게 하려 함이었습니다. 엎드려 바라건대, 전하께서는 만수무강하시옵소서."

이렇게 말하고 길동이 공중으로 올라가 나는 듯이 가 버리니, 임금이 그 재주를 칭찬하지 않을 수 없었다. 그 후로는 길동의 폐단이 없이 사방이 태평했다.

*

길동은 조선을 하직하고 남경 땅 저도 섬으로 들어가 수천 호의 집을 짓고 농업에 힘쓰며 무기를 만들고 군법을 연습하니, 병사는 잘 훈련되고 양식 또한 풍족하게 되었다.

하루는 길동이 화살촉에 바를 약을 구하러 망당산으로 가다가 낙천 땅에 이르렀다.

그곳에는 백룡이라는 부자가 살고 있었다. 백룡은 일찍 한 딸을 두었는데, 그 딸의 재주가 비상하여 애지중지 키웠다. 그런데 어느 날 거센 광풍이 불더니 딸은 온데간데없이 사라지고 말았다.

백룡 부부는 크게 슬퍼하며 천금을 뿌려 사방에 사람을 보내 찾았지만 끝내 딸의 종적을 알지 못했다.

부부는 슬픔에 젖어 말을 퍼뜨렸다.

"누구라도 내 딸을 찾아 주면 재산의 반을 주고 사위를 삼으리라."

길동은 이 말을 듣고 측은한 마음이 들었으나 어찌할 도리가 없었다.

하릴없이 망당산에 가서 약초를 캐다가 날이 저물어 주저하고 있는데, 갑자기 사람 소리가 나며 등불이 밝게 비치는 것이었다.

등불 비치는 쪽을 찾아가니 사람이 아닌 괴물들이 앉아 지껄이고 있었다. 원래 이 괴물은 울동이라는 짐승인데, 여러 해를 묵어 변화가 무궁했다.

길동이 몸을 감추고 활로 쏘니, 그중 괴수가 맞았다.

모두 소리를 지르며 달아나기에, 길동은 나무에 의지해 밤을 지내고 두루 돌아다니면서 약을 캤다.

그런데 갑자기 괴물이 나타나 길동을 보고 물었다.

"그대는 무슨 일로 이 깊은 곳에 이르렀소?"

"내가 의술을 좀 알기에, 이 산에 들어와 약초를 캐는 중이오."

"나는 이곳에 산 지 오랜데, 우리 왕이 부인을 새로 정하고 어젯밤 잔치를 하다가 하늘에서 내린 살(惡氣)을 맞아 위중하게 되었소. 그대가 명의라 하니 선약(仙藥)으로 왕의 병을 고치면 큰 상을 받으리라."

길동이 생각했다.

'그놈이 어젯밤에 상한 그놈이로구나.'

괴물이 길동을 인도하여 문에 세우고 들어갔다가 한참 만에 들어오기를 청했다.

길동이 들어가 보니 그림으로 장식한 집이 넓고도 아름다운데, 그 가운데 흉악한 것이 누워 신음하다가 길동을 보자 몸을 움직이면서 말했다.

"내가 우연히 천살을 맞아 위독한데, 애들의 말을 듣고 그대를 청했으니 이는 하늘이 도우신 것이라, 그대는 재주를 아끼지 마라."

길동이 감사의 뜻을 표하고 말했다.

"먼저 몸의 내부를 치료할 약을 쓰고, 다음으로 외부를 치료할 약을 쓰는 것이 좋을까 하오."

괴물의 왕이 응낙하자 길동이 독약을 꺼내 급히 온수에 타서 먹였다.

독약을 먹은 왕이 한참 만에 외마디 비명을 지르고 죽자 모든 요괴가 한꺼번에 길동에게 달려들었다.

길동은 신통술을 부려 모든 요괴를 후려치는데, 갑자기 두 젊은 여자가 애걸했다.

"저희는 요괴가 아니라 잡혀 온 사람인데, 남은 목숨을 구하여 세상으로 돌아가게 해 주세요."

길동은 백룡의 일을 생각하고 거주지를 물었더니, 하나는 백

룡의 딸이요 또 하나는 조철의 딸이었다. 길동이 요괴를 처치하고 두 여자를 구출해 각각 제 부모에게 돌려주니 그 부모들은 크게 기뻐하면서 그날로 길동을 사위로 삼았다.

길동의 첫째 부인은 백 소저요, 둘째 부인은 조 소저였다.

길동이 하루아침에 두 아내를 얻어 두 집 가족을 거느리고 저도 섬으로 돌아가니, 모든 사람이 반겼다.

하루는 길동이 천문(天文)을 보다가 눈물을 흘리기에, 주위에서 무슨 까닭으로 슬퍼하느냐고 물으니 길동이 탄식하면서 말했다.

"내가 하늘의 별을 보고 우리 부모의 안부를 짐작했는데, 지금 하늘을 보니 부친의 병세가 위중하구나. 그러나 내 몸 먼 곳에 있어 거기에 이르지 못하는 것이 한이로다."

이 말을 들은 모든 사람이 슬퍼했다.

이튿날 길동은 월봉산에 들어가 훌륭한 묘 터 하나를 구한 후, 일을 시작하여 석물(石物)을 국릉과 같이 했다. 그러고는 큰 배 한 척을 준비해 부하들로 하여금 조선국 서강 강변으로 가서 기다리라 했다.

그런 다음 자신은 즉시 머리를 깎고 중의 모습으로 꾸민 뒤, 작은 배 한 척을 타고 조선으로 향했다.

이 무렵, 홍 판서는 갑자기 병을 얻어 위중해지자 부인과 아들 인형을 불러 말했다.

"내 나이 이제 구십이라 이제 죽은들 무슨 한이 있으리요마는, 길동이 비록 천첩 소생이나 또한 나의 골육이라. 한 번 문외에 나가매 존망을 알지 못하고 임종에 상면치 못하니 어찌 슬프지 아니하리오. 나 죽은 후라도 길동의 모를 대접하여 편케 하며, 부디 후회를 생각하여 만일 길동이 들어오거든 천비 소생으로 알지 말고 동복형제같이 하여 부모의 유언을 저버리지 말거라."

그리고 길동의 모를 불러 가까이 앉으라 하여 손을 잡고 눈물을 흘리며 말했다.

"내 너를 잊지 못함은 길동이 나간 후에 소식이 돈절하여 사생존망을 모르니 내 마음에 이같이 사념이 간절하거든, 네 마음이야 더욱 측량하랴? 길동은 녹녹한 인물이 아니라. 만일 살아 있으면 너를 저버리지 않을 것이다. 부디 몸을 가볍게 버리지 말고 안보하여 좋게 지내라. 내 황천에 돌아가도 눈을 감지 못하리로다."

그리고는 숨을 거두었다.

온 집안에 슬픔에 잠겨 장사를 극진히 치르고자 하나, 좋은 묘 터를 구하지 못해 전전긍긍했다.

그때 문지기가 들어와 고했다.

"문밖에 어떤 중이 와서 상전의 영전에 조문하려 합니다."

인형이 이상하게 여기며 들어오라 했더니, 그 중이 들어와 목을 놓아 크게 우는 것이었다.

모든 사람은 곡절을 몰라 서로 얼굴만 쳐다보았다. 그 중이 통곡한 뒤 상주에게 말했다.

"형님께서 어찌 아우를 몰라보십니까?"

상주가 자세히 보니 곧 길동이라, 붙잡고 통곡하며 말했다.

"아우야, 그 사이 어디에 가 있었더냐? 아버지께서 유언이 간절하셨는데, 이제 오니 어찌 자식의 도리이겠는가?"

인형이 길동의 손을 이끌고 내당에 들어가 모부인을 뵈옵고 나서 모친 춘섬을 뵙게 하니, 어미와 아들은 서로 부둥켜안고 다시 한바탕 통곡했다.

춘섬이 눈물을 거두고 물었다.

"네가 어찌 중이 되었느냐?"

"소자 처음에 마음을 그릇되게 먹고 장난을 일삼다가, 부형께서 화를 당할까 염려하여 조선을 떠나 머리 깎고 중이 되어 지술을 배웠지요. 이제 부친께서 세상을 하직하심을 짐작하고 좋은 묏자리를 구해 놓고 왔으니 염려 마십시오."

인형이 크게 기뻐하면서 말했다.

"너의 재주와 효성을 내 알고 있다. 좋은 터를 구했다니 무슨 염려가 있겠느냐."

다음 날 길동이 운구하여 제 모친과 형을 모시고 서강 쪽 강변에 이르니, 길동이 부하들에게 시킨 대로 큰 배가 기다리고 있었다.

모두 배에 올라 화살같이 빨리 저어가니, 어언간 산 위에 다다랐다.

인형이 자세히 보니 산세가 웅장한지라, 길동의 지식에 크게 놀라워했다.

길동이 부친의 산소를 저도 땅에 모시고 제사를 정성껏 지내니 모든 사람이 감탄해 마지않았다.

일을 마치고 함께 길동의 처소로 돌아오니, 백 씨와 조 씨가 시어머니와 시숙을 맞이했다.

인형과 춘섬은 길동의 높은 재주에 탄복하고, 또한 춘섬은 길동이 장성했음을 칭찬했다.

여러 날이 되자, 인형은 길동, 춘섬과 이별하면서 산소를 극진히 모시라 당부했다.

"형님을 다시 볼 날이 막연합니다. 어미는 이미 이곳에 왔으니 모자 정리에 차마 떠나지 못하고, 형님은 대감을 생전에 모셨으니 한할 바가 없을 겁니다. 사후 향화는 제가 받들어 불효 지죄를 만분의 일이나마 덜까 하나이다."

그리고 함께 산소에 올라 하직하고 내려와 길동의 모와 백씨, 조 씨와 이별할 새, 피차에 다시 만남을 기약하면서도 못내 아쉬워했다.

인형이 고국으로 돌아가는 배를 타기 전에 길동의 손을 잡고 말했다.

"슬프다! 이별이 길어질 것이니……. 아우는 나의 사정을 살펴 생전에 아버님 산소를 다시 보게 해 다오."

인형이 하염없이 눈물을 흘리는지라, 길동도 눈물을 흘리며 말했다.

"형님은 고국에 돌아가 부인을 모시고 만세무강하십시오. 다시 모일 기약을 정치 못하오니, 남북 수천 리에 나뉘어 강금의 이불이 차고, 척령의 나래 고단하매, 속절없이 북으로 가는 기러기를 탄식하며, 등으로 흐르는 물을 바랄 따름입니다. 그 정회는 생리사별을 당한 것과 한가지라, 아무리 철석간장이라 해도 견디기 힘들 것입니다."

두 줄기 눈물이 길동의 말소리를 쫓아 떨어졌는데, 진실로 만고상심 한마디라 하지 않을 수 없다.

인형이 본국에 이르러 모부인을 뵈옵고 전후 사실을 말씀드리니, 부인이 신기하게 여겼다.

한편, 세월이 흘러 길동이 삼년상을 마치고 모든 영웅을 모아

무예를 익히며 농업에 힘을 쓰니, 병사는 잘 조련되고 양식도 풍족했다.

이때 남쪽에는 율도국이라는 나라가 있었으니, 기름진 평야가 수천 리나 되었다.

사면이 막혀 있어 금성(金城)이 천 리요, 천부지국인지라 길동이 늘 마음속으로 생각해 오던 곳이었다.

길동이 모든 사람을 불러 말했다.

"내가 이제 율도국을 치고자 하니 그대들은 최선을 다하라."

길동은 스스로 선봉장이 되어 그날로 진군했다.

그는 마숙으로 후군장을 삼아 잘 훈련된 병사 오만을 거느리고 율도국 철봉산에 다다라 싸움을 걸었다.

율도국 태숙 김현충이 난데없는 군사를 보고 크게 놀라 왕에게 보고하는 한편, 한 무리의 군사를 거느리고 나와 싸웠다.

길동은 이를 맞아 싸워 한 번의 접전 끝에 김현충을 베고 철봉을 얻었다. 그러고는 정철로 하여금 철봉을 지키게 하고 대군을 지휘해 바로 도성을 치면서 격서(檄書, 어떤 일을 급히 여러 사람에게 알리어 부추기는 글)를 율도국에 보냈다.

"의병장 홍길동은 이 글을 율도 왕에게 부치나니, 대저 임금은 한 사람의 임금이 아니요, 천하 사람의 임금이라. 내 천명을 받아 병사를 일으켜 먼저 철봉을 파하고 도성을 향해 쳐들어가고 있으니, 왕은 싸우고자 하거든 싸우고 그렇지 않으면 일찍 항복하여 살기를 도모하라."

마숙과 정철은 각각 좌의정과 우의정으로 삼고 나머지 여러 장수에게도 각각 벼슬을 내리니, 조정에 가득 찬 신하들이 만세를 불러 하례했다.

길동이 왕이 되어 나라를 다스린 지 삼 년에 산에는 도적이 없어지고, 길에서는 떨어진 물건을 주워 가는 이가 없으니, 가히 태평성세였다.

하루는 왕이 백룡을 불러 당부했다.

"내가 조선 성상께 표문(表文, 임금께 품고 있는 생각을 적어 올리던 글)을 올리려 하니, 경은 수고를 아끼지 마라."

백룡이 조선에 당도해 표문을 올리니, 임금이 그 표문을 보고 크게 칭찬을 했다.

"홍길동은 진실로 기이한 인재로다."

임금은 홍인형을 사신으로 삼아 유서(諭書, 임금이 내리는 명령서)를 내렸다.

인형이 성은에 감사한 후 돌아와 모부인 유 씨에게 말씀드리니, 모부인이 또한 율도국에 가고자 했다.

인형이 모부인을 모시고 출발하여 여러 날 만에 율도국에 이르니, 길동은 왕의 유서를 받은 후 모부인과 인형을 환대했다.

그들은 홍 판서의 산소를 찾아본 후 큰 잔치를 베풀어 즐겼다.

그 후로 여러 날이 되어 유 씨가 홀연 병을 얻어 죽으니, 홍 판서가 묻힌 선능에 쌍장(雙葬)했다.

인형이 본국에 돌아와서 임금께 보고하자, 임금이 그를 위로했다.

그동안 왕은 아들 셋에 딸 둘을 두었으니, 맏아들 현과 둘째 아들 창은 백 씨의 소생이고, 셋째아들 열은 조 씨의 소생이었다. 두 딸은 궁인의 소생이었는데, 모두 훌륭한 덕망과 재주를 지니고 있었다.

왕은 맏아들 현을 세자로 봉하고, 그 나머지는 모두 군으로 봉했다. 또 두 딸은 부마를 간택하여 얻으니 온 나라가 기뻐 경축했다.

태평으로 세월을 보내더니, 수십 년 후에 대왕대비가 승하하시니 시년 칠십삼이었다.

왕이 못내 애훼하여 예절로 지내는 효성이 모든 백성을 감동시켰다. 현덕능에 안장했다.

길동이 왕위에 올라 태평성세로 나라를 다스린 지 삼십 년 되는 해에 갑자기 병이 들어 세상을 떠나니, 그의 나이 칠십이 세였다.

그 후 왕비도 이어 죽고 세자가 즉위했는데, 길동이 남긴 덕

과 새 임금의 덕망으로 나라는 대대로 번창하고 백성들은 복을
누리며 태평성대를 누렸다.